P9-CRX-163

RICHMOND HILL
PUBLIC LIBRARY

NOV 2 7 2014

CENTRAL LIBRARY
905-884-9288

BOOK SOLD
NO LONGER R.H.P.L.
PROPERTY

BOOK SOLD
NO LONGER R.H.P.L.
PROPERTY

kerstin meyer • Cornelia Funke

EL HERMANO más SALVAJE

ALFAGUARA
INFANTIL

RICHMOND HILL
PUBLIC LIBRARY

NOV 2 7 2014

CENTRAL LIBRARY
905-884-9288

ALFAGUARA
INFANTIL

www.librosalfaguarainfantil.com

Título original: *Der wildeste Bruder der Welt*

D.R. © del texto: Cornelia Funke, 2004
D.R. © de las ilustraciones: Kerstin Meyer, 2004

D.R. © de esta edición:
Santillana Ediciones Generales, S.A. de C.V., 2012
Av. Río Mixcoac 274, Col. Acacias
03240, México, D.F.

Alfaguara es un sello editorial del **Grupo Prisa**.
Éstas son sus sedes:

Argentina, Bolivia, Chile, Colombia, Costa Rica, Ecuador,
El Salvador, España, Estados Unidos, Guatemala, México, Panamá,
Paraguay, Perú, Puerto Rico, República Dominicana, Uruguay y Venezuela.

Primera edición: junio de 2012

ISBN: 978-607-11-2039-7

Impreso en México

Todos los derechos reservados. Esta publicación no puede ser reproducida, ni en todo ni en parte,
ni registrada en o transmitida por un sistema de recuperación de información,
en ninguna forma ni por ningún medio, sea mecánico, fotoquímico, electrónico,
magnético, electroóptico, por fotocopia o cualquier otro,
sin el permiso previo, por escrito, de la editorial.

PRISA EDICIONES

Algunas mañanas, Ben se despierta
y es un **LOBO SALVAJE**.

O un caballero.

O un **MONSTRUO** cubierto de **CICATRICES**.
Las pinta sobre su cara con el maquillaje de Anna.
Siempre se cuela sigilosamente en su habitación.
Pero a veces Anna lo descubre.

Y entonces, le hace muchas **COSQUILLAS**.
Anna es la hermana mayor de Ben.

Por desgracia, las
hermanas mayores saben
EXACTAMENTE en dónde
los hermanos más pequeños
tienen cosquillas.

A veces, Ben pinta
manchas rojas
en el escritorio de Anna
con su maquillaje.
Y le dice que son
GOTAS de **SANGRE**
de un
**MONSTRUO
COME - HOMBRES**.

Y que él la protegerá.
Después de todo, tiene el corazón de un **LEÓN**
y la fuerza de un **ELEFANTE**.

Entonces, Anna se tiene que esconder
en el closet, **SIN REIRSE**.
Porque las risas hacen enojar
terriblemente a los monstruos.
Anna sólo puede hacer ruidos de monstruo.
Es **MUY BUENA** para hacerlos.
Ella **GRUÑE** y **RESOPLA** y **BRAMA**.

Y Ben, con toda su fuerza
de elefante,

toma sus 3 espadas de plástico
y su enorme pistola de agua y
sus cuchillos de goma.

y lucha,
lucha hasta que se pone rojo

y el **MONSTRUO COME - HOMBRES**
está tan quieto y tan callado
como un ratón
escuchado a la distancia.
Entonces, Anna
puede salir del closet.

Pero Ben
no limpia las
manchas rojas del
escritorio.

Porque en el baño aún hay
tres **FANTASMAS**
de moho verde
dando alaridos.

Y le urge hacerlos pedazos y
tirarlos por el inodoro.

Y también está.
el **MONSTRUO** de limo
que lame las ollas en la cocina.

Ben lo arroja sin miedo
desde el balcón.

Despues atrapa con la cuerda al robachicos.

Que se cuela una vez a la semana al cuarto de Anna.
Estas batallas lo dejan terriblemente agotado.
Aparte, Ben alguna vez la utilizó
con una de las imágenes en la pared
en la que había un caballo.

También cuida a Anna
de todos los zorros
y los lobos en el jardín.
Para que Anna pueda recoger
tranquilamente hojas
de diente de león
para sus conejillos de indias.

Desafortunadamente, Anna no puede ayudar a Ben.
Y él debe hacerse cargo también
de todos esos **OSOS** que acechan
detrás de los árboles, esperando,
para poder comerse a una
DELICIOSA hermana mayor.

Sí, Ben debe **LUCHAR** un largo rato.
En realidad, lucha todo el día.
Sus músculos se están desarrollando **MUCHO**.

Sólo después de la tarde,
cuando la **NOCHE** asoma su cara de hollín
por la ventana y el radiador
se escucha como las mandíbulas de mil escarabajos,
Ben se mete a la cama con Anna.
Entonces, es ella la que lo protege
contra ese negro rostro
y esos sonidos inquietantes.
Y es taaaan maravilloso
tener una hermana **FUERTE** y **RUDA**.

Cornelia Funke nació en 1958 en Dorsten, Westfalia, y estudió pedagogía e ilustración en la Universidad de Hamburgo. Es una de las autoras de libros infantiles y juveniles más populares y de mayor éxito a nivel internacional. Ha sido galardonada con múltiples premios y reconocimientos desde 1998.

Kerstin Meyer nació en 1966 y estudió ilustración en la Universidad de Ciencias Aplicadas de Hamburgo. Durante sus estudios trabajó como caricaturista y comenzó a ilustrar libros para niños. Su primera colaboración con Cornelia Funke fue en las ilustraciones de *La princesa Isabella*.

Este libro se terminó de imprimir en el mes de
junio de 2012, en Edamsa Impresores, S. A. de C.V.
Av. Hidalgo No. 111, Col. Fracc. San Nicolás Tolentino C.P. 09850,
Del. Iztapalapa, México, D.F.